KB055901

몰래 환했다

성명진

1990년 『전남일보』 신춘문예, 1993년 『현대문학』을 통해 시인으로 등단했다.
시집 『그 순간』 『몰래 환했다』, 동시집 『축구부에 들고 싶다』 등을 썼다.

파란시선 0143 **몰래 환했다**

1판 1쇄 펴낸날 2024년 8월 5일
지은이 성명진
인쇄인 (주)두경 정지오
디자인 이다경
펴낸이 채상우
펴낸곳 (주)함께하는출판그룹파란
등록번호 제2015-000068호
등록일자 2015년 9월 15일
주소 (10387) 경기도 고양시 일산서구 중앙로 1455 대우시티프라자 B1 202-1호
전화 031-919-4288
팩스 031-919-4287
모바일팩스 0504-441-3439
이메일 bookparan2015@hanmail.net

ⓒ성명진, 2024, printed in Seoul, Korea

ISBN 979-11-91897-81-4 03810

값 12,000원

*이 책은 광주광역시 광주문화재단의 지역문화예술육성지원사업으로 지원받아 발간되
었습니다. 광주광역시 GWANGJU CITY 광주문화재단 Gwangju Cultural Foundation

몰래 환했다

성명진 시집

시인의 말

말수가 줄었다.
그렇다고 나의 말들이
힘을 갖는 건 아니지 싶다.

시와 더 이야기하고 싶다.
어눌하더라도 사는 일에 대해
허심탄회하게 이야기할 수 있는 날이 오기를 바란다.

함께 노래를 부를 수 있다면 더없이 좋을 테고.

차례

제1부

마을

산과 들이 만나
말했습니다

사람들의
든든한 바탕이 되어 줍시다

그럽시다
평화로운 풍경도 되어 주고요

길 너머

이 길 어디에 내가 좋아하는 사람이 있다

내가 성공한 사람이 아닌 데다

마음 씀씀이가 나쁘지는 않아선지

그가 이따금 연락을 해 온다

우리는 마주 앉아 밥을 먹고 얘기를 나누며 즐거워한다

때론 겪는 슬픔을 서로 보여 주기도 한다

만약 내가 형편없이 몹쓸 인간이 되거나

혹 너무 크게 성공을 해 버린다면

그에게서 연락이 오지 않을 것이다

그건 내가 이 길을 버리고

다른 길로 건너 뛰어가는 일이니까

우수 무렵

집 앞에 아이가 나와 서 있고
노인이 앉아 있다
한순간 아이와 노인이 가만히
고개를 들었다

사내 하나가 고개를 떨군 채
앞으로 다가선 것
한 번 아이의 머리를 쓰다듬더니
그는 노인에게 큰절을 올린다

허물어져
내내 들썩이는 몸

추운 행색이었으나
다행히 지은 죄는 없어서인지
지나는 햇빛에 비치는 몸이
몰래 환했다

호박꽃

송아지의 주둥이가,

한 번도 다른 이의 피를 묻힌 일 없는,
앞으로도 그럴
그 주둥이가 피어난 거야

만지면 노오란 게
손을 핥아 준다

차라리 잘됐다

대단한 집 담벼락 한쪽이
허물어졌구나
벽돌들이 서로를 놓아준 것
용서해 준 것

그간 실은 불화의 힘으로
담벼락은 굳건했다
벽돌들이 서로를 억압하여
지탱해 온 체제였다

이제 키 작고 어린 것들은
안으로 밖으로 드나들어라
벽돌들은 우선 굳은 어깨를 눕히고
편히 쉬어라

어쩔 수 없이 다시 쌓일 땐
위아래를 바꾸면 좋겠구나
더 애쓴 자와 덜 애쓴 자가
바뀌어야 옳지 않을까

16

그렇게 벽으로 지내다가
적당한 때에 또 무너져도 괜찮겠다
아니 무너져야 할 거다

작약

우리 집에는
꽃에서 나온 여자가
살고 있다

서러운 남자를 만나
새끼들을 낳아 밥해 먹이고
옷을 수선하면서 늙어 있다

이따금 목을 기울여 발갛게 울고
이따금 목을 살랑여 발갛게 웃는다

손 둥그렇게 모으고 서거나
물 빠짐이 안 좋을 날 짓는 쓴 표정은
꽃 속에 살 때 익힌 일

이제쯤 꽃으로 돌아가 예뻐져야 하는데
새끼들 약 지으러 문밖 나간 사이
그만 져 버리는 꽃

영영 꽃 속으로 못 돌아가게 된

야윈 여자가 내 곁에 있다

조각달은 지금

그곳에선 며칠째
그의 행방이 묘연하다는 전언
그가 없자 세계가 깜깜해졌다고

그런가
그는 지금 부서진 몸을
이곳 산골 마을에서
추스르고 있다네

이 순한 것이
그간 몸이 조각나도록
깜깜한 것과 싸워 오지 않았겠는가

탑 하나

돌 안에 불이 켜졌다가
얼른 꺼진다

경전의 몇 글자가
생각나지 않아 찾아본 것

아직 누가 발견해 주지 않은
경전을 품은
이 늙은 탑은 시름 깊다

몸 가누기도 힘든 판에
까먹는 글자는 늘어나니
공부마저 귀찮아지려 한다

고라니

빌딩들과 길들이 질서 정연한
도시의 한 귀퉁이에
고라니가 누워 있다

김 과장이다
오전에 부장실에서 다리를 후들거리며 나와
영업과로 향했다는데 여기 누워 있다

영업 실적 그래프 밑에 홀로 주저앉아 있었다는
가벼운 증언
뜯은 잎사귀가 물려 있는 입
근처 숲에서부터 조심히 오므려 딛고 온
발자국도 확인된다

목덜미의 상흔 안쪽에서 발견된
미리 써 둔 사표와 새끼들이 웅크린 방
그 방에 들어가던 숨이 턱 막힌 순간의 바둥거림

잠시 후 몇몇이 자리를 뜨자
서둘러 햇빛이 빠져나가는 도시의 끝자리

김 과장이 밀거래되고 있다 —

오래된 냉장고

부품들은 십 년 넘게 못 쉬고 있다
벌이라면 이미 충분히 받아
몸에 댄 쇠가 착해져 버릴 만큼이다

부품 하나가 사고쟁이 김삼구라면
일 못 하겠다고 거역했을 것이다 뒤따라
판식이 대호 명기 이런 놈들도 드러누웠다면
뭐든 억지로 신선케 하는 일은 멈춰졌겠지

냉장고 뒤쪽 구석진 곳에 마련된
묘하게 온기 있는 체제
근데 김삼구라 해도 별수 있을까
그러면 다 가난해지고
썩고 쉬어 터질 테니 어쩌겠는가

요 며칠 냉장고에서 우는 소리가 크다
뒤를 열어 김삼구 같은 놈을 찾아 만지작거리니
그제야 잠잠해진다

포도알

임종 전 껍질이 열리더니
흐린 눈망울이 드러났다
무슨 말을 눈으로 하고 있었으나
알 길 없었다 나중에 천천히 이해해야 할 거였다
평생을 고생한 그의 다른 곳들은 이미 굳었으나
끝까지 눈매는 잔잔하고 시었다
끝물인 열 몇 날을 누워서 그런 눈을 뜨더니
늦게 어떤 수긍인가가 도착했는지
비로소 눈에 포도 껍질이 영영 덮였다
한 잎사귀가 한들거리다 멈췄고
덩굴로 와 있던 묵은 길이 돌아갔다
그 눈망울 속에서 평생 아프게 했던
씨들이 뒤꼍으로 툭툭 뛰쳐나간 것도 그즈음

옆

가을에서 겨울로 애인과 나는

목련을 데리고 힘겹게 넘어왔습니다

남의 하늘인 듯 춥고 우중충한 날에 애인은 더욱 야위어

우린 손잡고 겨울에서 봄으로 넘어가지 못하고 말았습니다

나와 목련만 겨우 봄에 도착하여 짐을 풀었는데

목련도 그새 숨구멍들이 거의 막혔는지

가지 하나만 간신히 움직일 수 있는 것이었습니다

이 봄 나는 내 옆 맑은 공중에 애인의 자리를 만들고 있고

목련은 그 자리에 꽃봉오리를 피우려고 애씁니다

농부 김천식

짐승의 새끼를 받아 내느라
고개를 숙이는 일이 잦았다
새끼들이 하도 여려
쇠붙이를 멀찍이 두었다
일이 늦게 끝나곤 하여
밥을 더 달게 먹었다
힘들어 몸을 오므려 앉은 덕에
채송화 하나를 알게 됐는데
그게 충분히 행운이 되었다

순명

어스름 녘
희미하게 염소 몇과 노인이
언덕길에서 내려
마을 길로 들어오고 있다

천천히 걸어오다가
노인이 누구와 만나 한동안 얘기할 때
염소 지들끼리만 온다

노인을 거기 그냥 놓아두고
저녁에게 주고
어스름에 덮여
슬며시 잊히게 두고

산 메아리

짐승을 쓰러뜨린 총소리를
산봉우리들이 에워싸고
도망 못 가게 막아서는 거였어요

그 악한 놈을
겁나는 놈을
흔들고 자기들끼리 던지고 받으며
주무르는 거였죠

산봉우리들이 총소리의 독을 빼내
약하디약한 놈으로 만들어
숨져 가는 짐승 앞에 엎어뜨리는 걸까요
무릎을 꿇리는 걸까요

그런 후엔
물과 바람에 섞어
멀리멀리 흩트려 버리는 거였어요

버스

여러 정거장을 거치며 나이가 들었어요

어느 곳에선 한 여자가 버스에 올랐지요

다음 정거장에선 아이 둘이 탔어요

넷이 가족이 되어 굽이굽이 한참을 갔어요

어느 정거장, 자라난 아이들이 내려 다른 목적지를 찾아 갔어요

사람들이 별안간 무더기로 내려 깜짝 놀란 적도 있었지요

멀리 온 지금 자리가 여럿 비어 있는 이 버스에

앞으로 오를 사람이 많지는 않을 듯합니다

버스는 모두의 앞창을, 각자의 옆 창을 달고 갑니다

버스의 약간 뒤의 자리에 앉아 가는 나와 아내는

이제 앞보다 옆을 자주 보곤 합니다

길이 또 구부러지나 봅니다 괜찮습니다

꽃이 진 일

—

향기로운
나라가 몰락하기 전

밥 먹여 준 은공을 입은 떠돌이 벌이
갓 난 꽃가루 왕자를 업어
먼 곳으로 피신시켰다

얼마 후
나라가 아주 서럽지는 않게 무너져 내렸다

—

제2부

오후의 일

누군가 살다 간 방에
들어가 살아왔습니다

누군가 부르는 노래를
따라 불렀습니다

누군가가 탄 버스에
나도 탔습니다

초면이지만 당신의 이야기를
이해할 수 있는 까닭입니다

앵두

내내 아무것도
안 열리더니
요렇게 토실하게 열렸어

품에 안은 아가를 쓰다듬으며
중년 사내가 웃는다

연어

앓던 몸이 좀 나아졌을 때
이불 속에서 연어가 나가는 거였습니다

나는 꽤 앓았는지 이불은 축축했고
목소리며 손에 힘이 생기지 않아
뒤를 저어서 가는 그이를 어찌하지 못하였습니다

물 한 사발을 마시고
오늘이 며칠이나 되었는지 알아보곤
나머지를 앓기 위해 이불을 뒤집어썼습니다

그러고 생각하길
그이가 가없는 물살을 헤치다가 뜨거워진 몸을 흔들며
언젠가 다시 돌아오기를 기다리는 일이
내 병이라고요

그이가 멀리서 돌아왔을 때
내가 어찌해야 하는지 통 헤아려지지 않는
어두움도 함께 앓았습니다

겨울 포도밭

포도나무 가지를 잘라
태운다

일한 손을 쬐어 주고는
뒤돌아
무거운 등을 쬐어 준다

불은 익지 않아
아직 시다

지그시
닿는 누군가의 등

우리는 뒷등으로
서로를 알아본다
한 송이에서 애써 살아간다

삼층탑

저 위에 여러 일이
층층이 있었을 것이다

그것들 내려지고 지금은
밥 먹는 일
잠자는 일이 겨우 남아 있다

사랑하는 일 하나도
아직 내려지지 않고 있구나

한 귀퉁이 떨어져 나간 채

무지개

정이가
저같이 예쁜 빛깔들을 골라

너무나 버젓이
건넛마을 사는 미남인 현기에게
보내 주는 것이었습니다

나는 어제
정이와 나란히 거니는 꿈 한 조각을 주워 들고 나와
히죽거렸는데

오늘은
젖은 햇빛 뒤에 숨어
조용히 이울었습니다

제비꽃

꽃 피워 낸
가냘픈 줄기와 잎을
특별히 칭찬해 주었다
그랬는데 꽃 지자 잊어 먹다니

애쓴 줄기와 잎이 내게서
흔한 풀이 되어 버린 것
한번은 문득 생각나
일부러 풀밭에 들어가 봤지만
찾지 못했다

대신에 사느라 애쓰는 허름한 사내를
우리 동네에서 찾아냈다
그를 불러내
밥과 술을 먹었다

저물녘

一

갑자기 집 안으로 뛰어들어 온 새끼 염소를 노인이 끌어안
네

아주 무서운 것에 쫓겨 왔는지 새끼는 안겨서도 바둥바둥

노인이 함께 땅에 주저앉아 새끼 염소를 다독거려 주며

아가 뭔 일이냐 괜찮다 괜찮아 한동안 달래네

새끼의 몸부림이 잦아들면서 하루가 다소곳이 끝나 가네

一

어쩌나

마당에서 두 살배기가 울어요 같이 새끼인 송아지가 다가가고 강아지는 벌써 아이 곁에 가 있네요 저쪽 어미 소 젖이 방방 불어요 지난달까지 배에 젖꼭지가 달랑거린 어미 개는 아이 쪽으로 몸을 일으켰네요

새끼인 것들은 다가가고 어미인 것들은 품을 만들었어요 햇볕의 갈피마다 이런 정나미들이 있어 슬픔을 글썽여 주니 아이의 울음소리는 점차 연해져요

그 아비인 나는 뒤꼍에서 앞마당으로 가려다가 멈춰 서 있는 거예요 잘못 봤는지도 모를 저 아까운 정경, 내가 마당에 불쑥 들어서면 한꺼번에 가뭇없어져 버릴까요

오늘의 순서

—

강아지들이 태어났어요
어미가 젖을 주고 있네요

다가간 아이가 그걸 들여다보고 있고
아이의 아비인 나는 멀찍한 데에 있어요
멀어요 나무들보다도요
갑자기 잠잠해진 까불이 염소나
그 곁 햇살보다 뒤인 듯해요
아이의 엄마도 나보다는 앞에 있지요
엄마니까요

오늘은 새끼들이 맨 앞이네요
다른 것들은 그 뒤로
순서를 이루고 있고요

혹시
천사와 가까운 순서 아닐까요

—

같은 슬픔

젖꼭지들을 철렁거리면서
앞에 가고 있는 개 한 마리
가야 할 곳에 새끼들 있는지
젖 도는지 걸음 부산하다
힘겹게 꼬리를 올린 바람에
똥구멍을 못 가렸다
술 한잔하러 가는 나
자전거 위에 가볍게 몸을 올린 나
급히 페달을 밟아 보려는 건
저 앞길이 좁아지기 전
어미 개를 앞지르려는 속셈
그러다가 오히려 속도를 줄이는 건
내 안에 문득 슬픔이 돌기 때문
어쩐지 뒤처져 가야
미안하지 않을 것 같기 때문

생일 파티

맛난 음식이 차려졌지만
식탁 위 어린 손들은 함부로 흐트러지지 않는다
사실은 좀 전
제일 어린 손이 성급히 흐트러졌는데
어미 손이 냉큼 말렸다

드디어 음식 위에 촛불이 켜지고
잠시 기도가 이어진 뒤
아비가 숨을 불어 촛불을 꺼뜨리자
터지는 박수
밖에 내리는 눈이 더 굵어진다

오늘은 아비의 생일
성탄일을 며칠 비낀 날
근데 아비는 아파
천천히 몸이 얼어든다

어미도 이젠 아이들의 손을 말리지 않는다
다들 맛나게 음식을 먹을 때
하늘 한 장을 들고 내려와 집을 덮어 주고

서로 무겁지 않게 쌓이는 눈송이들
내일의 햇빛이 사이사이 드나들 수 있게

공

1.

좁은 공터
혼자 담벼락에 공을 차며 놀았다

내 맘대로 발에 잔뜩 힘을 줬는데
모서리에 맞아 튕기더니
내리막길로 뛰어가 버리는 공

거꾸로 세워진 길 위에
나는 기우뚱이 서 있었다

그때 누가 아래서
공을 주워 들고 올라와
던져 주었다

모르는 사람이었다

2.

수십 년 후
그가 사제복을 입고 내 앞에 섰다

나를 물끄러미 바라보다가 갔다

어느 땐가는
손수레를 끄는 사람이 되어 다가오기도 했다

그가 왜 이따금 공처럼
돌아오는 건가

그런데 나는 여전히
공을 담벼락에 잘 보내지 못해
공을 놓친다

밑접시

나 어느새
맨 밑에 놓이게 되었네

위에 포개진 접시들을
팔 벌려 깊이 안아 주지는 못하네
딱딱한 아버지네

하지만 자식의 뒤
미처 닦이지 않은 자국이 있다면
그것을 내 가슴팍에 받아야 하네

그늘 두 숟갈

밥이 담겼을 땐 몰랐지

환한 그걸 다 먹어 치우니
밥그릇 안에 꺼먼 그늘이 있네
두 숟갈 정도 되는 듯하네

다음에 먹게 될
내 몫의 밥에
더 올리고 싶은 만큼이네

아닌가
오히려 그만큼을
덜어 내야 하는지도 모르겠네

동백 그 여자

발을 가지런히 모으고
자신을 가장자리에
조촐하고 숙연히 세워 놓았다

이번 계절은
몸을 별나게 살뜰히 여며야 하는 시간
잎 하나라도 살펴 함부로 하면 안 되는 시간

간만에 환한 날이 들자
마른 팔뚝 위에
말랑한 망울이 하나 부풀었는데

유독 또렷한 그것을
밖에서 누가 열어 주니
붉은 청년이 태어났다

제3부

활

가느다란 숨을 담은 몸이
숨지 못하고 나와 있는 저 앞

즉시 팽팽해지는 시위,
이것 대신 악기의 현을 걸었다면 좋았으련만
그러면 아름다운 소리를 내어
화살의 적의를 가라앉힐 수 있었으련만

시위가 잔뜩 당겨질 때 활은
찌이익,
절망을 견디는 소리
자신의 평온이 으스러지는 소리를 낸다

차라리 고통에 버티지 말걸
부러져 버릴걸
아무 소용없는 후회도 해 본다

그예 피잉,
도는 울음

참새들

무거운 어깨를
날갯죽지로 만든 건 현명한 일

아무나 꼬집을 수 없게
뺨을 작게 한 것도 현명한 일

들썩임

마침 하늘이
마당에 한 떼를 내려놓았으니

문 슬그머니 열고
바라보시구려

새 차

그새 나이를 먹었어요
이젠 다른 차 말고
의자가 많은 차를 몰고 가야겠어요

가족들이 여럿 생겼거든요

다 같이 노래를 부르면서
굽이 잦은 길을
즐겁게 가면 좋겠습니다

얼룩 고양이

—

고양이가 어느 집에서
먹을 것 한 덩이를 물고 나온다

등은 밤하늘
배는 낮의 들판

밤하늘은 너무 춥지 않게
낮의 들판은 너무 덥지 않게 덮여 있다

오늘 하루가
제때 밥을 구해 다행인 몸에
자기를 드러냈다

—

씨앗 일기

저녁에 한 남자가 내 방에 찾아들었다
거친 몸 냄새를 피우는 그는 묵묵했는데
그게 정겨워지다니
나지막이 서글픈 노래를 부르는 그와
손바닥만 한 불빛을 켜 놓고
서로 웃음을 보여 준 뒤 함께 살았다
밥을 먹여 잠을 재워 주면
그는 밖으로 퍼렇게 비치는 꿈을 꾸었고
아침이면 연한 눈빛을 내어 먼 데를 바라보곤 했다
우리의 방을 사방에서 둘러싸는
세상의 모서리들
그래도 우리는 문을 한 뼘은 열어 두고 살면서
서늘한 햇볕을 방에 들여선 데웠다
우리에게 생긴 따스한 사이에
기운찬 뿌리가
바람길을 따라 걸어오는 것이 느껴졌다
잎새들이 반짝반짝 놀다 간 어느 날엔
푸릇한 몸을 가진 아이가 태어났다

해변

해변에 찰랑거리는 엄살에
발을 적시며 놉니다 내 짝은

머잖아 우리가 겪게 될 바다엔
험한 물살들이 칠 테지만
오늘은 상관없습니다

나는 푹석한 모래밭에서
불을 살려 밥을 짓고 있습니다
물소리 섞인 밥을 해 먹으려 합니다
지금 우리 쪽에 와 있는 물소리는
유순하거든요

밥을 맛있게 먹은 후엔
불을 작은 모닥불로 옮겨 놓고
그 곁에 고요히 앉아 있을 것입니다

우리의 축축한 몸이 마를 때쯤
재잘재잘 웃음이 날지도 모르겠습니다

단체 사진 속

우리는 몰래 연인이 되어
옆에 나란히 섰어요

앞을 보면서도
손 하나씩을 사진 뒷면으로 내놓아 숨겼죠
허허벌판인 거기

힘내
그래

서로의 손에 살짝살짝 힘을 주었어요

도자기

매우 비쌀 것 같지만
그렇지는 않아

흔하기 때문
이런 사랑 누구에게나 있기 때문

이 둥근 게
금이 간 걸 보고 뒤늦게
진짜 사랑임을 깨달았어

금이 양쪽 귀를 떼어 내려 했지
애초에 눈은 없었으니
보고 듣지 못하는 사랑이었던 거야

결국 이 사랑이 완전히 깨졌어
그러자 아까워 죽을 만큼
이게 아주 비싸졌어

땅콩 껍데기

그가 없다
그의 가족이 없다

두 방이 텅 비었다

가을 햇살 따스하고
꽃들 산뜻하니
놀러 나갔으려나

아니면
이사를 갔을까

다음에 내가 다시
"친구, 있는가?"
방문 열었을 때

밥 먹다가 웃으며
맞이해 주면 좋겠다

꽃 피는 일

가느다랗게 노래가 울리고 있다

한 청년이 음계를 밟고 내려간다
더 내려가 뒷길을 걷고 달리다가 멈춰 두리번거린다

없다
다시 오르는 음계

미친 듯이 뛰어올라 높다란 집에 다다르자
때맞춰 목이 긴 악기들
낮고 긴 음을 내놓는다

방문을 두드리다 못 참고
문을 열어젖힌 청년 앞에
여자는 이미 붉은 슬픔이 되어
다른 세계로 피어나 버렸다

노래가 절정에서 긴 자락을 펼친다

악기의 현에 아프게 긁히는 청년

청년이 주저앉듯이 음계를 내려와
머나먼 길을 떠나갈 때
여자는 고요 속에서 한껏 붉어진다

겨울날

아기가 자고 일어나
방실거리면서 나간,
아직 들려 있는 이불 속에
두 손을 넣고 싶네
깨끗이 씻어
그 귀여운 곳에 담그고 싶네
그러고는 손가락들을 까딱거려
중얼거리고 싶네
살아가는 기쁨을

쓰다듬다

금방까지 일한 손으로 강아지 쓰다듬는다

너무 힘주어 쓰다듬지 않으려 한다 등 뼈다귀 만져지니까

머리빡 해골 만져지고 복슬복슬한 털 속에 눈탱이 배창시 느껴지니까

고단한 속은 얼마나 속된가

그러니 삶을 가볍게 쓰다듬어 준 뒤 저리 가서 놀도록 놓아주면 되는 거다

강아지가 내 뼈다귀며 눈탱이를 톺아내 핥으면 내 본색이 발겨질 터

착실한 표정을 다름 아닌 짐승의 뼈다귀 위에 씌워 놓았으니

감자꽃

군대의 후미에 섞여
우리 마을에 들어왔다
그는 취사병이었다
전쟁은 끝나고
되찾은 봄은 따스했다
그는 우리 마을에 아예 눌러살면서
어느 날엔가는 양식을 만드는 법을 전했다
워낙 힘들게 살아
양식을 땅속에 숨기는 버릇이 있다고 멋쩍어하면서
불쑥 꽃을 꺼냈다
먼저 꽃을 피우라는 거였다
아름다운 뒤라야 양식이 생긴다고 한
그는 본래 시인이었는지 모른다

시인 작파

등 뒤로
배가 와 닿았다

노트와 편지와
책들
노래들을 싣고 갔다

얼마 후
다시 배가 와
쌀과 옷과
물을 내려놓았다

파도가 사납게 쳤다

제4부

보름밤

방 안에
달빛이 켜졌다

가족들의
가늘고 흰 조각 등들,
여럿 모이니
둥글어졌다

거기서 빛이 났다

나물국

얼마 전 사랑하는 이를 여읜 사람과
식사를 했다

국을 뜬 숟가락이
그의 입에 들어갔다 나오며
한결 맑아진 슬픔을 내오는 거 같았다

한번은 터지는
그러나 안 들키게 누른
잔기침이 숟가락에 담겨 나왔다

네 그래야겠죠
무언가를 수긍하는 말이
나오기도 했다

반찬 하나를 그 앞으로 밀었는데
한입 먹고는 고개를 끄덕이고
국물을 떠먹었다

박꽃이 필 만큼

저녁이 순순했다   —

—

목련 꽃송이

─

열차에서 갑자기 뛰어내리게 된 건
우리가 탄 차가 불심검문을 받았기 때문이죠
오랫동안 기다려 탔는데
무엇이 잘못됐는지 모르겠어요
가장 추운 땅에서 포근한 땅으로
경계를 넘고 있었던 게 불온한 일일까요
나는 무장병이 올라오자
아무 죄도 안 묻은 흰빛인데도
얼른 차장 너머로 뛰어내렸지요
무서워서요
단지 무서웠을 뿐이에요
땅에 떨어진 제가 살는지 죽을는지 모르지만
시든 게 결코 아니니
나뒹군 채로 숨을 살려 보겠어요
살아난다면 우선 짧게라도 울려고 합니다

─

76

도마뱀

높이 성공한 빌딩 앞 네거리
무언지 모를 것이 뒤에서
광식이를 덮쳤다

광식이는 몸을 저어 갈 희망과
땅바닥에 배를 댈 직장과
웃음이 부드러운 여자 친구를
잘라 냈다

두려워 도드라진 눈알
가쁜 허파
쉬 허기지는 위장이 남았다

잘려 나간 것들이
놀라 팔딱팔딱 뛰는 동안
재빨리 도시의 뒤편 한 틈바구니에
반쪽 몸을 숨긴 광식이

잠시 울고 나서 고개를 내밀어
바깥을 본다

복서

나라의 남쪽 끝자락
농가의 작은 방구석에 자빠져 있던
소년이 벌떡 일어났다

밥 주세요
어머니를 졸라 밥을 마구 욱여넣고
차비 주세요
당당하게 만 원짜리들을 받는다

가방을 싸 등에 지고
고개를 빳빳이 세우고
시합을 앞둔 복서의 눈빛으로
집을 나선다

드디어
이 소년이 읍과 작은 도시를 거쳐
서울로 간다
높이 성공하여
자부심을 쌓은 빌딩들 앞에
떡 버티고 설 것이다

무패의 서울,
이 소년의 까무잡잡한 얼굴을
기억해 둬야 할 것이다

가지가 다쳤을 때

　一

뿌리의 아비가 당장 올라갔을 터
화에 눈물도 나는 아비가 첫차를 타고
헐레벌떡 외지의 자식에게 올라갔을 터

어째서 이리 됐냐
그러게 세상일에 나서지 말라고 했잖어
자식을 보자마자 버럭 소리 지르고는
이윽고 말소리를 누그러뜨려
괜찮냐 물을 때 자식은 처음엔 말이 없다가
차근차근 희망을 항변했을 터

그럴 수밖에 없었다고
사는 게 나아지길 원했다며 고개를 꺾을 때
아비가 다친 데를 만져 주면서
괜찮다 괜찮다 웃어 준 후 밥을 먹이고
방바닥에 얼마 정도 용돈을 내놓은 후
뿌리로 돌아왔을 터

담벼락을 못 넘고 다친 가지 하나
　二　그 통증이 내려와 캄캄히 쌓이는

뿌리의 속

실을 푸는 남자

나이 든 남자가 헛일인지 모를
스웨터 하나를 풀고 있다
실을 마구 풀어내다가
끊긴 데서 다시 실 끝을 쥘 때
악, 신음 소리를 만나기도 한다

어쨌든 풀고 싶은 일이 있다
이긴 줄 알았는데
조금씩 미안해지는 일은
썰렁한 늦가을인 채로 아직 있다

화낸 뒤 무연해진 표정인
보푸라기들을 떼 내고
이제 소매를 푼다
껴안았던 건 아름다웠지만
정말 사랑하긴 했을까
매듭 하나도 살펴 살살 풀어 준다

어깨 쪽으로 실을 잡고 오르면
무너졌던 자리가 나온다

아빠 우리 어떡해?
아직도 자식들의 소리가 나는 거기엔
줄기 긴 바람이 불고 있다

남자는 쿨럭거리면서 어깨를 밟고
천천히 목으로 올라간다

싸락눈

좋아하는 그녀가
우리 집에 왔네

나는 방 안에 있었지만
온 줄도 몰랐네

내가 빌려준 책을
현관 앞에 살짝 두고
그녀는 그냥 갔네

들어와
나 좀 보고 가지

백반집

쳐들어온 사람들은
다짜고짜 의자부터 집어 던졌다
처박힌 의자들

거꾸로 선 가는 다리를 보니
고라니들이다

여러 걸음 더 들어가야 보이는
골목 식당
나물무침이 맛있는 집

주인 내외가
고라니들을
반듯이 일으켜 주고 있다

마루 끝

가지런히 내리던 눈발이
돌연 휘더니
마루 끝에 떡 앉는다

언젠가 우체부가 궁금한 소포를 건네고
앉아 쉬어 가던 자리

그런가 하면
밀린 이자를 독촉하러 온 사람이
죽치고 있던 자리

마른 잎사귀들도 앉았지만
빗줄기가 천연덕스레 앉기도 했다

멍하게 바깥을 바라보던 어미의 자국은
걸레질로는 닦이지 않는다

미처 지붕이 가려 주지 못한
어쩌면 일부러
세상으로 한 뼘을 내놓았을지 모를

주의 사항

후후 헛바람을 불어넣어
풍선을 더,
더 키우는 일

적당한 때 멈추시라
언제 멈춰야 할지 모르겠다면

풍선이 커져
두 눈을 가리기 전에 멈추시라

그래도 모르겠다면
주위 사람들이 귀를 막을 때

아무리 늦어도
그땐 그만두시라

작은 불

모닥불에서
불붙은 가지를 꺼내 듭니다

손가락만 한 불이 내게 옵니다
흔들흔들
아직은 여린 하나가 옵니다

내 자리를 밝혀
저물어 간 사람에게 편지를 쓰고 싶고
뒤돌아 으슥한 뒤편을 비춰 보고 싶지만
우선은 솥 밑에 넣어
밥을 끓여 먹으려 합니다

이 불은
걸음을 옮길 때마다 뒤를 무너뜨리는
힘을 지녔습니다
헛헛함 따위도 없습니다

그 힘을 속에 채우고 싶은
나는 불이 흔드는

밝은 옷자락을 밥솥 밑에 넣습니다   —

목례

一

어디서 오는지 알 수 없는
종소리가,
소리는 다하고 진동만 간신히 남은 그것이
꽃봉오리에 닿는 거였다

종소리는 봄 몇 날 동안
거듭 당도했다
그러면 꽃봉오리는 휘청거리다가도
한결 오롯해지는 거였다

어느 때엔 진동마저도 다한 종소리가
짙은 그리움인지도 모를
느낌만으로 당도했다
이윽고 잠잠히 꽃봉오리가 떨어졌고
그것을 저문 땅이 받아안았다

적막 속 한 사람이
먼 곳을 향해
목을 기울인 것도 그때

一

연보라

이번엔 붓꽃들 사이에서 겨우 찾았습니다

나지막이 앉아 있는 애인을 일으켜

왜 자꾸 숨는 거니? 타이르고 안아 주고

손을 이끌어 집으로 데려가려 합니다

하지만 또 손엔 꽃만 쥐어져 있고

애인은 금세 사라지고 없습니다

들꽃에게

예뻐라

하지만
여기 잠깐 서 있거라

나는 어디를 다녀와야겠다
우리를 괴롭혀 온
슬픔 한 가지를 이기고 돌아와서

너를 안아 주겠다

슬픔이 슬픔과 함께하는 희망의 노래

황정산(시인, 문학평론가)

1. 들어가며

살아 있는 것들은 모두 슬픔을 안고 있다. 모든 생명은 유한성에서 벗어날 수 없는 필연적인 운명을 타고났다. 왕성한 생명력으로 번영을 구가하면서도 마지막 시간에 대한 압박에서 자유로울 수 없고 그 고통스러운 운명의 그림자가 생명에 슬픔이라는 정조로 깃들어 있다. 인간은 무한한 욕망 추구로 유한성의 슬픔을 보상받고자 한다. 하지만 욕망은 항상 좌절되고 그 좌절이 몰고 오는 슬픔을 피할 수 없다. 리들리 스콧 감독의 「블레이드 러너」라는 영화에서 생명을 연장하기 위해 탈출한 인조인간 리플리컨트들이 결국 자신의 유한성과 그것에 의한 욕망의 좌절을 경험하고 비탄 속에서 인간적인 자살을 선택하는 장면이 이런 생명의 슬픔을 잘 보여 준다.

성명진 시인의 시들은 바로 이 슬픔에 주목하고 있다. 그의 시에 등장하는 사물들에는 모두 슬픔이 배어 있다. 우

리가 겪고 보고 느낀 슬픔이 그의 시어 그리고 그 시어가
그려 낸 사물들 하나하나에 알알이 박혀 있다. 이제 그 슬
픔을 꺼내 맛보기로 한다.

2. 여러 모습의 슬픔들

성명진 시인이 그려 낸 슬픔의 모습은 여러 가지이다. 슬
픔이 잔잔하게 우리의 가슴을 파고들기도 하고 때로는 격
렬한 슬픔이 우리의 전신을 뒤흔들기도 한다. 하지만 무엇
보다도 중요한 것은 그런 슬픈 것들을 바라보고 있는 시인
의 따뜻한 눈이다. 시인의 시선은 슬픔 너머에 있는 슬픈
것들의 삶의 깊이를 바라본다. 또한 이런 따뜻한 시선이
있어 슬픔이 감상적인 애절함이나 분노로 쉽게 변질되지
않는다.

그가 어떻게 슬픔을 바라보고 있는지 다음 시에서 느낄
수 있다.

군대의 후미에 섞여
우리 마을에 들어왔다
그는 취사병이었다
전쟁은 끝나고
되찾은 봄은 따스했다
그는 우리 마을에 아예 눌러살면서
어느 날엔가는 양식을 만드는 법을 전했다
워낙 힘들게 살아

양식을 땅속에 숨기는 버릇이 있다고 멋쩍어하면서

불쑥 꽃을 꺼냈다

먼저 꽃을 피우라는 거였다

아름다운 뒤라야 양식이 생긴다고 한

그는 본래 시인이었는지 모른다

—「감자꽃」 전문

감자는 뿌리만 소용되고 꽃은 중요하지 않은 식물이다. 그럼에도 그 꽃은 아름다운 모습으로 우리의 눈에 들어온다. 시인은 이 아름다운 꽃을 마주하며 그 안에 들어 있는 슬픔을 들여다본다. 감자는 전쟁과 가난과 기아의 역사와 함께한다. 감자는 전쟁을 통해 이 땅에 들어왔고, 전쟁 중에도 굶어 죽지 않게 만들어 주었으며, 가난할 때 먹는 구황작물이 되어 주었다. "워낙 힘들게 살아"라는 한 구절이 감자에 영양 성분처럼 들어 있는 슬픔의 근원을 생각하게 한다. 이 슬픔이 아름다운 감자꽃을 피운 것이다. 그리고 그 아름다움이 우리를 먹여 살리는 양식을 마련해 준다. 시인은 그래서 감자꽃이 "본래 시인이었는지 모른다"고 넌지시 자문한다. 시도 슬픔을 아름답게 피워 낸 감자꽃과 다르지 않다는 말이다. 슬픔을 아름답게 피워 내 삶을 지탱하는 양식으로 만드는 일 그것이 바로 성명진 시인의 시 쓰기가 아닌가 한다.

무거운 어깨를

날갯죽지로 만든 건 현명한 일

아무나 꼬집을 수 없게
뺨을 작게 한 것도 현명한 일

들썩임

마침 하늘이
마당에 한 떼를 내려놓았으니

문 슬그머니 열고
바라보시구려

—「참새들」 전문

　마당에 한 떼로 몰려들어 먹이를 쪼고 있는 참새를 보고 그 안에 깃든 슬픔을 찾아내는 시인의 예리한 눈에 찬탄하지 않을 수 없다. 시인은 작은 참새의 몸에서 지워진 슬픔의 흔적을 찾는다. 그것은 "무거운 어깨"와 "꼬집을 수" 있는 뺨이다. 우리는 모두 어깨에 짐을 지고 산다. 무엇인가를 해야 하고 그래야 나와 가족의 생명을 지킬 수 있다. 그리고 우리는 항상 누군가에게 내 뺨의 꼬집힘을 당하는 모욕을 참고 살고 있다. 좀 더 높은 지위를 얻기 위해 좀 더 여유 있는 경제력을 갖기 위해 그것도 아니면 잠시의 쾌락을 위해 내게 가해지는 모욕을 견뎌야 한다. 이런 것들을 할 수 있어야 사회생활을 잘하는 사람으로 인정받는다. 이 무거운 어깨 대신 "날갯죽지"를 달고 꼬집히지 않기 위해 뺨을 최소한으로 작게 만들어 슬픔을 피하려고 하는 참새에게서 역설적으로 시인은 그 슬픔을 확인한다. 즐겁게 먹이를 쪼며 지저귀는 참새를 보면서도 숨겨진 슬픔을 들여다보는 시인의 눈이 정말 밝기만 하다. 성명진 시인의 시를 읽는다는 것은 "문 슬그머니 열고" 감춰진 슬픔을 바라보는 일인지 모른다.

다음 시는 좀 더 강렬한 슬픔을 느끼게 한다.

> 빌딩들과 길들이 질서 정연한
> 도시의 한 귀퉁이에
> 고라니가 누워 있다
>
> 김 과장이다
> 오전에 부장실에서 다리를 후들거리며 나와
> 영업과로 향했다는데 여기 누워 있다
>
> 영업 실적 그래프 밑에 홀로 주저앉아 있었다는
> 가벼운 증언
> 뜯은 잎사귀가 물려 있는 입
> 근처 숲에서부터 조심히 오므려 딛고 온
> 발자국도 확인된다

목덜미의 상흔 안쪽에서 발견된

미리 써 둔 사표와 새끼들이 웅크린 방

그 방에 들어가던 숨이 턱 막힌 순간의 바둥거림

잠시 후 몇몇이 자리를 뜨자

서둘러 햇빛이 빠져나가는 도시의 끝자리

김 과장이 밀거래되고 있다

—「고라니」 전문

  가족을 먹여 살리기 위해 과중한 업무와 영업 실적의 압
박에 시달리다 결국 자살하고만 '김 과장'을, 시인은 먹을
것을 찾아 헤매다 도심에 들어와 로드킬당한 '고라니'와 병
치시키고 있다. 이 병치 은유를 통해서 이들이 평소 얼마
나 큰 위험과 두려움 속에서 살아왔는지 잘 보여 주고 있
다. '고라니'가 새끼들을 위해 "뜯은 잎사귀"를 물고 죽어
있듯이 '김 과장'은 목맨 상흔과 미리 써 둔 사표를 남겨
자신의 죽음을 설명하고 있다. 그리고 '고라니'가 몇 근의
살점으로 밀거래되듯 '김 과장'의 죽음은 몇 푼의 보상금으
로 뒷거래되었을 것이다. 둘 다 우리가 사는 "도시의 끝자
리"에서 일어난 일이다.
  시인은 다소 냉정한 시선으로 이 둘의 죽음을 보고 그려
내고 있다. 하지만 이런 담담한 시선이 이들의 죽음을 더
깊게 들여다보게 한다. 이들의 죽음이 단순한 사고가 아니
고 스스로 선택한 자살도 아닌 우리 사회가 만들어 낸 사

회적 타살이라는 것이다. 그리고 그 타살을 당한 두 존재가 겪었을 고통과 슬픔을 고스란히 다시 생각하게 만들어 준다. 고라니는 자연 속에서 인간은 사회 속에서 안전을 보장받고 행복하게 살아야 한다. 하지만 현실은 자연이 파괴되어 고라니는 수많은 위험이 상존하는 도시로 내몰리고, 사람들은 사회가 요구하는 억압 속에서 불행을 감내하며 삶의 의미를 상실하며 살고 있다. 이 둘의 죽음은 이렇게 지금 여기 사는 것들이 느끼고 있을 슬픔의 끝을 극적으로 보여 주고 있다.

슬픔은 모든 생명 있는 것들이 가지고 있는 근원적인 정서이기도 하다.

향기로운
나라가 몰락하기 전

밥 먹여 준 은공을 입은 떠돌이 벌이
갓 난 꽃가루 왕자를 업어
먼 곳으로 피신시켰다

얼마 후
나라가 아주 서럽지는 않게 무너져 내렸다

—「꽃이 진 일」 전문

이 시에서 "향기로운 나라"는 누구나 알 수 있듯이 한 송이 꽃이다. 꽃은 하나의 생명이기도 하지만 한 나라이고 한 세상이고 우주 전체이기도 하다. 하지만 이 아름다운 존재는 "무너져 내"려야 할 운명을 근원적으로 가지고 있다. 그래서 서러운 존재이다. 모든 생명 있는 것들은 이렇게 몰락하고 사라져야 할 필연성을 피할 수 없다. 그렇기에 생명은 그 안에 슬픔을 내재하고 있다고 해도 과언이 아니다. 하지만 시인은 이 슬픔이 "아주 서럽지는 않"다고 말하고 있다. "떠돌이 벌"이 꽃이 지기 전에 꽃가루를 옮겨 또 다른 생명을 만들어 주는 것처럼 누군가 슬픔을 함께하는 존재가 있을 때 그 슬픔은 견딜 수 있는 것이 되어 절망으로까지 떨어지지 않기 때문이다.

3. 함께하는 슬픔

앞서도 얘기했듯이 모든 존재에게는 슬픔이 내재되어 있다. 생명은 유한하고 욕망은 채울 수 없기 때문이다. 어찌 보면 이 슬픔을 견디는 것이 모든 생명 있는 것들의 사명인지도 모른다. 그 슬픔을 견디지 못하고 분노로 바꾸어 외부로 향하면 그것은 폭력이 되고, 슬픔에 지쳐 자신의 생명을 잠식하면 죽음 충동으로 나아가게 된다. 그렇다면 슬픔은 어떻게 견뎌야 하나. 가장 확실한 방법 중 하나는 슬픈 것들과 함께하며 타인의 슬픔을 이해하고 서로 공감하며 연대하는 것이다.

얼마 전 사랑하는 이를 여읜 사람과

식사를 했다

국을 뜬 숟가락이
그의 입에 들어갔다 나오며
한결 맑아진 슬픔을 내오는 거 같았다

한번은 터지는
그러나 안 들키게 누른
잔기침이 숟가락에 담겨 나왔다

네 그래야겠죠
무언가를 수긍하는 말이
나오기도 했다

반찬 하나를 그 앞으로 밀었는데
한입 먹고는 고개를 끄덕이고
국물을 떠먹었다

박꽃이 필 만큼
저녁이 순순했다

—「나물국」 전문

    시인은 슬픔에 젖어 있는 사람과 식사를 한다. 다른 사람
과 식사를 한다는 것은 그와 가까워지는 가장 좋은 방법이

다. 시인은 그 사람을 보면서 그 사람의 숟가락이 내부의 슬픔을 퍼내고 있는 게 아닌가 느끼고 있다. 억누를 수 없는 슬픔이 국물로 다스려지며 천천히 숟가락에 담겨 비워지고 있다고 시인은 생각한다. 함께 식사한다는 사실이 그 사람에게는 큰 위로가 될 것이기에 국물을 떠먹을 때마다 슬픔이 점점 옅어지기를 시인은 바라는 것이다. 그것을 바라보며 "반찬 하나를 그 앞으로 밀었는데" 그것은 '그'에게 넌지시 건네고 싶은 위로였을 것이다. 이렇게 다른 사람의 슬픔을 이해하고 함께 느끼는 일은 내 안의 슬픔을 다스리는 일이기도 하다. 그러므로 그것은 "박꽃이 필 만큼" 환하고 아름다운 일이다. 시인은 이 아름다운 시간을 "저녁이 순순했다"는 느낌으로 기억하고 있다. 기억 속의 나물국 역시 슬픔을 달래 주는 순순한 맛이었을 것이다. 가슴이 미어지는 애절함이나 격렬한 분노가 아니라, 나물국 같은 순순한 정을 주고받는 일 그래서 슬픈 것들끼리 연대하는 것, 그것이 슬픔을 견디는 가장 좋은 방법이라고 시인은 우리에게 일깨워 주고 있다.

나 아닌 다른 존재를 이해하는 것은 그것이 겪었을 고통과 슬픔을 알고 함께해야 비로소 가능하다. 모르는 사람과 기쁨을 나누기는 쉽지만, 그와 슬픔을 나누기는 어려운 일이다. 다음 시가 그것을 보여 준다.

그곳에선 며칠째
그의 행방이 묘연하다는 전언

그가 없자 세계가 깜깜해졌다고

그런가
그는 지금 부서진 몸을
이곳 산골 마을에서
추스르고 있다네

이 순한 것이
그간 몸이 조각나도록
깜깜한 것과 싸워 오지 않았겠는가

—「조각달은 지금」 전문

    만월이 되어 찬란한 월광을 보여 줄 때 사람들은 달의 아름다움을 숭배하고 노래한다. 하지만 달이 없는 그믐에는 깜깜함 속에서 그의 존재마저도 까맣게 잊고 만다. 인간 사회도 마찬가지이다. 성공해서 빛나는 위치에 있을 때 사람들은 그가 이룩한 업적을 칭송한다. 하지만 그가 사람들의 시야에서 사라지거나 존재감을 잃어버렸을 때 그의 존재는 "행방이 묘연하다는" 소문으로만 등장한다. 시인은 이 사라지거나 빛을 잃은 존재의 슬픔에 주목한다. 우리가 '그'를 보지 못하고 있는 동안 '그'는 자신과 세계에 드리워진 어둠과 싸우고 있던 것이다. 자신 앞을 가로막고 있는 고통과 슬픔을 넘어서려는 고투를 겪었으리라. 그래서 "몸이 조각나도록/ 깜깜한 것과 싸워" 왔다는 것이다. 없어진 달이 조각달로 다시 나타나는 이유가 거기에 있다. 이런 조각달처럼 슬픔을 딛고 일어난 자만이 다시 환하게 살아날 수 있음을 시인은 말하고 있다. 한 존재를 온전히 이해한다는 것은 그가 가진 가장 빛나는 모습이 아니라 그가 겪은 어둠과 슬픔을 알아야 가능하다는 점을 시인은 우리에게 잔잔한 어조로 설득하고 있다.

> 포도나무 가지를 잘라
> 태운다
>
> 일한 손을 쬐어 주고는
> 뒤돌아
> 무거운 등을 쬐어 준다
>
> 불은 익지 않아
> 아직 시다
>
> 지그시
> 닿는 누군가의 등
>
> 우리는 뒷등으로
> 서로를 알아본다
> 한 송이에서 애써 살아간다
>
> —「겨울 포도밭」 전문

시인은 마른 포도나무 줄기로 불을 지펴 그 온기를 자신의 등에 느끼고 있다. 그 느낌을 "누군가의 등"이 닿는 듯하다고 말하고 있다. "불은 익지 않아/아직 시다"라는 감각적인 표현을 통해 알 수 있듯, 아주 뜨거운 열기가 아니라 서로의 존재를 확인할 수 있는 그런 정도의 온기이다. 마른 포도나무 가지나 시인 자신은 모두 슬픈 존재들이다. 그래서 "뒷등으로/서로를 알아본다". 사라져 갈 처지에 있는 마른 포도나무 줄기는 노동과 "무거운 등"이라는 삶의 무게에 지친 시인을 위로한다. 불에 타 없어지면서 자신이 줄 수 있는 온기를 나누어 준다. 시인은 그 온기를 받으며 포도 열매를 떠올린다. 서로 등을 기대며 서로의 체온을 느끼면서 한 송이를 이루며 살아가는 포도 열매처럼 우리도 누군가의 등을 기대며 한 송이로 얽혀 살아가고 있음을 깨닫는다. 삶이란 슬픔과 슬픔이 모여 달콤한 행복이 되는 것이라는 시인의 사유가 알알이 박힌 아름다운 작품이다.

다음 시는 슬프면서도 따뜻한 진한 여운을 준다.

집 앞에 아이가 나와 서 있고
노인이 앉아 있다
한순간 아이와 노인이 가만히
고개를 들었다

사내 하나가 고개를 떨군 채
앞으로 다가선 것

한 번 아이의 머리를 쓰다듬더니
그는 노인에게 큰절을 올린다

허물어져
내내 들썩이는 몸

추운 행색이었으나
다행히 지은 죄는 없어서인지
지나는 햇빛에 비치는 몸이
몰래 환했다

—「우수 무렵」 전문

한 가족이 재회를 하고 있다. 아이를 아이 할아버지에게 맡기고 오래 외지를 떠돌던 아버지가 돌아와 자신의 자식을 쓰다듬고 자신의 아버지에게 절을 올리고 있다. "추운 행색"이 그가 겪었을 신산한 삶을 말해 준다. 여기에 등장하는 가족들은 전부 슬픈 사람들이다. 엄마는 집을 나가고 아버지는 돈 벌러 외지로 떠나자 혼자 할아버지에게 맡겨진 아이는 부모의 정에 굶주리며 외롭게 살아왔을 것이며 아이의 할아버지는 노구를 이끌고 어린 손자를 돌보면서 풍비박산된 가족을 바라볼 수밖에 없는 무력감에 시달려 왔으리라. 사내 역시 거친 세상을 부유하며 아직 자리 잡지 못한 채 힘든 삶을 영위해 왔음이 분명해 보인다. 하지만 이 슬픈 존재들이 서로 만나 가족임을 확인할 때 "지나는 햇빛"이 비치고 이들의 "몸이/몰래 환"해지고 있다. 가난 같은 삶의 여러 어려운 문제들 때문에 흩어질 수밖에 없었던 가족이 다시 만나 가족임을 확인하는 그 순간의 행복감과 희망이 겨울날 햇빛처럼 찾아드는 장면을 보여 준다. 슬프면서도 따뜻한 작품이다. 시의 제목이 "우수"인 것도 재미있다. 우수는 양력 2월 19일이다. 얼음이 녹고 곧 따뜻한 봄이 올 것을 기대하는 그런 시기이다. 또 한편으로 우수는 슬픔의 동음이의어이기도 하다. 시의 제목 자체가 슬프면서도 따뜻한 이 시의 분위기를 잘 말해 주고 있다.

4. 맺으며

성명진 시인의 시들은 어렵지 않게 잘 읽힌다. 괴팍하고 난해한 단어들이나 기괴하거나 난삽한 표현이 없다. 그의 시는 단순하고 담백하고 단정하다. 그러면서도 상투적인 관념이나 식상한 이미지는 전혀 등장하지 않는다. 낯설지 않은 언어가 시인의 손을 통해 낯선 사유의 세상으로 우리를 인도한다. 그 길의 끝에서 우리는 나와 다른 사람들의 슬픔을 만나게 된다. 그리고 슬픔을 서로 나누는 따뜻한 세상을 꿈꾸게 된다. 그의 시를 읽으면 고통과 분노는 사라지고 슬픔마저도 따뜻한 햇살이 되어 우리를 위로한다. 그의 시의 힘이다.

다음 시가 성명진 시인의 시적 지향과 사유의 세계를 잘 함축해 보여 준다.

예뻐라

하지만
여기 잠깐 서 있거라

나는 어디를 다녀와야겠다
우리를 괴롭혀 온
슬픔 한 가지를 이기고 돌아와서

너를 안아 주겠다

—「들꽃에게」 전문

시를 쓰는 것은 "슬픔 한 가지를 이기"는 일이다. 그것을 통해 나 아닌 다른 존재의 아름다움을 알아보고 그를 사랑해 줄 수 있다고 시인은 생각한다. 아니 어쩌면 그 반대일 수 있다. 아름다움을 알아보고 사랑할 수 있는 것은 슬픔을 통해서 가능한 일이기도 하다. 이렇게 볼 때 성명진 시인의 시 쓰기는 아름다움과 사랑을 위해 슬픔과 마주하는 일인 듯하다. 그의 이런 작업으로 만든, 아름답게 슬프고, 슬프게 아름다운 시편들이 들꽃처럼 슬픈 우리의 마음을 따뜻하게 적신다.